Aunetta Väisänen

"Viimeiseen hengenvetoon asti kaunista" - *esseitä, novelleja ja runoja*

© Aunetta Väisänen 2024

Kustantaja: BoD · Books on Demand,Mannerheimintie 12 B,

00100 Helsinki, bod@bod.fi

Kirjapaino: Libri Plureos GmbH, Friedensallee 273,

22763 Hampuri, Saksa

ISBN: 978-952-80-8532-4

Prologi

Olematon

> Hän seisoo laivan kannella,
> katsoo ympärilleen,
> on eksynyt,
> ei tiedä, missä pitäisi olla
> ja mikä totta, mikä ei.
>
> Vene keskellä merta
> tuuliajolla, ei kannellakaan
> enää ketään näy.

Alkusanat

Tähän tekstieni kokoelmaan on kerätty esseitäni, novellejani ja runojani 2010-luvun alkupuolelta tähän päivään asti. Tarinoiden kirjoittamisen olen aloittanut jo ennen kouluunmenoa, kuusivuotiaana, ensimmäiset tarinani eivät kuitenkaan ole osa tätä kokoelmaa, jonka vanhimmat tekstit ovat vuosilta 2013 ja 2014, Kun tarusta tuli totta ja Muukalainen kaikkialla, toki alkuperäisestä paranneltuina versioina. Suurin osa teksteistä on 2020-luvun puolella kirjoitettuja, mutta humoristisimmat tekstit ovat vanhempaa perua. Synkkyys on löytänyt tiensä myös vanhimpiin runoihini, jotka ovat melkein kaikki aika surumielisiä, rankkoja tai väkivaltaisia kielikuvia sisältäviä.

Sisällysluettelo

1. Autokolari ja enkeli maan päällä

Valo ilmestyi taivaalta pilvien lomasta. Se säteili enkelimäisen olemuksesi takaa. Tiesin, että sinusta tulisi enkeli. Hunajainen makusi oli aikaa sitten kadonnut muististani, mutta nyt se palasi mieleeni yhtä voimakkaana kuin silloin.

Soit suuntaani monalisamaisen siron hymysi ja olisin vain halunnut ryömiä helmojesi suojaan niin kuin ennen. Pakahduin hetkeksi ikävästä sinua kohtaan, ja se tuntui iskulta palleaan tai siltä, kuin olisin syönyt korillisen päärynöitä, joille olen allerginen. Henkeni salpautui voimakkaasta tunteiden rankkasademaisesta ryöpytyksestä päälleni. Olin taas tunteiden vuoristoradassa, ihan niin kuin ennen. Tuntui siltä, etten saisi ollenkaan vedettyä henkeä.

Olin alapuolellasi, kun levitit kauniit valkoiset enkelinsiipesi juuri ennen kuin tulit hakemaan minua. Ehkä vihdoin kaikkien näiden vuosien jälkeen pääsisin takaisin luoksesi. Olin ollut aikoinaan hankala ja nyt se hävetti minua. Kuulin jumalaisen äänesi pääni sisällä, ja sanoit, ettei minulla ollut mitään syytä hävetä.

Luulin silloin joskus tietäväni, mitä käyt läpi, mutta oikeasti en tiennyt yhtään mitään. En edes tuntenut sinua. En oikeasti. Tunsin ja tiesin sinusta vain sen puolen, jonka sinä halusit näyttää minulle. Sen todellisen sinäsi, joka olit kaiken surun, alakulon ja epätoivon takana. Se todellinen sinä, jota maailma ei ollut vielä lyönyt maahan ja särkenyt palasiksi, hienoksi lasipölyn murusiksi, joita yritit väkisin pitää kasassa.

Ajan ja tuomiopäivän kellot soivat nyt minulle. Pääsenkö taivaaseen luoksesi vai joudunko iäisyydeksi sinusta karkotetuksi helvettiin? Tie eteenpäin minun kohdallani oli päättynyt juuri sinä päivänä, kun jouduin auto-onnettomuuteen.

Toivoin niin hartaasti pääsyä luoksesi, että olin ottanut elämässäni uuden suunnan. Olin väärinymmärretty ja tämä hetki repi vanhat jo aikaa sitten arpeutuneet haavat auki. Luulin niiden haavojen parantuneen, mutta niitä aristi niin voimakkaasti, etteivät ne ehkä olleetkaan koskaan täysin arpeutuneet.

Katsoin sinua jännittyneenä vapisten ja odotin sinun kertovan minne minut kuljettaisit. Huomasit käsivarressani sinun muistoksesi otetut laulun sanat. Tiesin, ettet sinä olisi ikinä eläessäsi tällaista tatuointia hyväksynyt. Taivas pimeni silmissäni ja maailma muuttui siniseksi.

2. Essee minusta

Suurimman osan ajasta, mä haluaisin vain kuolla pois. Unohtaa kasaantuvat laskut, ja sen etteivät mun rahat riitä. Sen, että mä tuhlaan kaikkeen turhaan. Mä haluaisin unohtaa tän alamäkien syöksykierteen, joka sai alkunsa väkivaltaisesta parisuhteesta. Huonoja päätöksiä huonojen perään, vähän niin kuin ei osaisi enää lopettaa ja katsoo jostain kuvarajan toiselta puolelta, kuinka hahmo, jonka pitäisi olla sinä toimii. Ihan niin kuin olisi totaalisen täydellisesi menettänyt kontrollin kaikesta ja odottaa epämukavan elokuvan päättymistä, joka ei millään lopu. Kun lasiboksiin saa tehtyä särön, se johtaa toiseen alamäkeen, eikä suuntaa saa käännettyä tai vauhtia pysäytettyä.

Mä tiedän, ettei asiat oikeasti ole niin huonosti. Mitä sitten, jos mä saankin mun huonoista päätöksistä seuraamuksia? Ei kai sen tarvitse tarkoittaa sitä, että mun elämä on ohi? Kyllä mä tiedän, että ainakin seuraavien kymmenen vuoden aikana ne asiat tulee unohtumaan, eikä kukaan tiedä välttämättä mun menneisyydestä mitään, ellen mä itse valitse kertoa siitä. Siihen on vain niin pitkä aika ja haluaisin saada kaikki ratkaisut nyt heti käsiini. Mihinkään on vaikea keskittyä ennen sitä.

Miksei elämää voi vaan pikakelata siihen hetkeen, kun kaikki on taas hyvin? Mä en halua itse elää sitä aikaa, kun kaikkia sotkuja on vielä ihan älyttömästi selviteltävänä ja pitäisi jotenkin kannatella itseään ja omaa mielenterveyttään, joka ei alkujaankaan ollut kovin hyvä. Toisaalta, mistä mä tiedän, etten mä alunperin vain hakenut huomiota? No, en mä silloin kertonut mistään kenellekään. Halusinko mä lääkkeet mun mielenterveysongelmiin, jotta mä voisin olla niin kuin muut? Mä en edes tiedä, pidinkö mä sitä silloin jotenkin coolina. Miltä mun elämä näyttäisi nyt, jos mä en olisi hakenut apua?

Miltä mun elämä näyttäisi nyt, jos mä en olisi koskaan luopunut omista unelmistani? Onko mun ensimmäisellä tutkinnolla mitään hyötyä, jos mä saan tuomion tai tuomioita? On kai, kun enhän mä opettajaksi pyri, jolloin mun taustalla olisikin jonkin verran merkitystä. Miksi helvetissä mä olen tehnyt näin paskoja valintoja? Jos mä työllistän itse itseni, mun ei tarvitse stressata muita ihmisiä, jotka penkoo mun taustoja. Mutta en mä halua joutua esille, jos mun menneisyydestä kaivetaan kaikki loka esille ja saatetaan kaikkien ihmisten tietoon.

Pitäisikö mun siis vain tappaa itseni, kun näen taas mun edessäni vain umpikujia ja mua ahdistaa niin, että sormenpäitä kylmää? En mä tiedä, onko eteenpäin puskemisesta mitään hyötyä, jos multa löytyy luurankoja vino pino kaapista vain odottamassa esille purkautumista. Mä en ole; tappanut ketään, pahoinpidellyt jotakuta tai raiskannut. Olenko mä siis paha ihminen? Mä en ole pettänyt koskaan, mutta luottamuksen useamman kerran. Mä en kykene olemaan täysin rehellinen kenellekään siihen pisteeseen asti, etten mä ole varma enää itsekään, mikä edes on totta.

Silti mä ratsastan viattomuuden, puhtauden ja kiltteyden kuvilla, koska siltä mä ensinäkemältä vaikutan. Sisäisesti mä koen olevani täysi vastakohta. Pelkkää puhdasta pahuutta, en mitään muuta. Piiloudun naamion taakse joka päivä ja esitän, että kaikki on hyvin, vaikka ei ole. Mun naamio säröilee pahasti ja yhteys muhun pätkii. Ihan niin kuin todellinen minä yrittäisi puskea sen alta esiin. Error. error. error.

Kuka mä edes olen? Mä en tunne itseäni, mutta mua ei oikeasti tunne kukaan muukaan. Mä oon sulaa ja mukautuvaa muotoilumassaa, joka kameleontin lailla vaihtaa ilmiasuaan ympäristöstään riippuen. Kivoille ihmisille mä olen kiva, pahoille paha ja hyville hyvä. Musta ei kukaan saa otetta, mä liu'un sormienvälistä kuin viileä silkki, jota tuskin ehtii koskettaa ennen kuin se on jo haipunut pois. Kaikki sormet, jotka yrittävät tarrata muhun, menevät vain mun läpi. Turha edes yrittää, ei mua paikalleen voi vangita. Ehkä mua ei koskaan ollutkaan, ehkä mä olinkin vain ohimenevien ajatusten virtaa, jotka unohtuvat yhtä nopeasti kuin tulivat mieleenkin. Ehkä mä todella katson maailmaa toiselta puolelta. Sieltä, missä elossa ei ole enää kukaan.

3. Antilooppi

En ole koskaan pitänyt hänen harrastuksestaan. Siinä on jotakin niin brutaalia.
Metsästäminen. Ja varsinkin ulkomailla sen harrastaminen. Kysyin kerran, onko hänen
pakko lähteä ulkomaille kun Suomestakin löytyy metsää ja eläimiä? Hän vastasi vain, että
on. "Eihän siinä mitään hauskaa olisi. Suomen eläimet on niin nähtyjä jo. Mä kaipaan
haasteita. Anna mun mennä." Ja annoin. Vaikka tiesin, että hän kävisi joka ulkomaan
reissulla baarissa ja iskisi vieraita naisia. Ennen suljin silmäni. Nyt en enää välitä. Kun palaat
kuitenkin aina luokseni. Tiedän, että hän kaipaa seikkailuja ja minä en enää niitä voi tarjota.

Aikaisemmin halusin päästä hänen mukaansa reissuille. Koska hän oli aina poissa. Milloin
töiden, milloin vapaa-ajan. Tiedän, että työreissuillaan hän oli muiden kanssa. Olin epäillyt
sitä jo pidemmän aikaa, mutta viimeistään se ensimmäinen yhteinen reissu sen paljasti.
Meillä oli kauhea huutoriita. Hän oli ollut lähteä toisen naisen matkaan ja suutuin. Et
ymmärtänyt minua ollenkaan. "Kukaan nainen ei mua rajoita tai saa lähteä ite helvettiin",
huusit.

Antilooppi katseli minua seinältä, johon sen pää oli ripustettu. "Turhaan sä synkistelet, kun
tiedät se aina tulevan takaisin."
"No joo, mutta en vain pidä siitä, mitä hän selkäni takana tekee."
"Selkäsi takana? Ihanko todella. Me molemmat tiedämme, mitä hän tekee."

4. Anorexia nervosa

Vatsani kurnii niin hirveästä nälästä. Olen taas jättänyt suurimman osan päivän aterioista syömättä. Uskottelen itselleni, etten tällä kertaa yritä laihduttaa vaikka surussani olenkin pohtinut itseni hengiltä näännyttämistä. Mutta mitä se auttaa, kun kuitenkin syön? Pitäisi paastota kunnolla ja vasta vedenpuute ihmisen tappaa.

Sanoit, että viet nuoruuteni, jos jäät tähän. En koskaan osannut sinulle selittää, miksi en itse olisi kokenut niin. Ja nyt en enää saa, enkä voi kertoa sitä sinulle. En enää koskaan pääse pehmeiden ja lämpimien käsiesi suojaan, enkä saa enää mahdollisuutta kertoa sinulle kunnolla, kuinka paljon minä sinua rakastan. Rakkaudentunnustuksen ehdit silti repiä minusta irti.

5. *Mitä mä kaipaan eniten*

Tiedätkö sä, mitä mä kaipaan eniten? Sitä vanhaa versiota itsestäni, joka oli niin helvetin moraalisen itsetietoinen. Joka yritti välttää parhaaansa mukaan tekemästä väärin, mutta joka aina silloin tällöin lipsui siitä. Kuten alakoulussa matematiikan tunneilla kopioidessaan oikeat vastaukset tarkistuskirjasta vaivautumatta edes kunnolla yrittämään itse. Silloin, kun maantiedon kokeessa alakoulussa unohti ja sekoitti kauriin ja kravun käntöpiirit ja lunttasi vastauksen ystävältä, jonka tiesi tietävän oikean vastauksen ja sai siksi 10- kokeesta. Yläkoulussa englannin valtakunnallisessa kokeessa lunttasi oikeat vastaukset joihinkin kysymyksiin, joka tuotti ansaitsemattoman arvosanan 9 (pisteiden puolesta se olisi tosin ollut 9 ½, mutta vilpin vuoksi sitä ei pyydetty korjaamaan isommaksi).

Nykyinen minä? Säälittävä varjo entisestä. En enää työskentele monessa paikassa ja opiskele samanaikaisesti. En tee mitään. Makaan vain kotona ja teen joka päivä jotain turhanpäiväistä paskaa odottaen omaa kuolemaani. Jonka toteutan itse. Itsemurha. Miksi se olisi jotenkin häpeällinen tapa lähteä täältä? En mä olisi sukuni ensimmäinen. Napata vaan veitsi ja vasara, iske se kunnolla keskelle rintaa mahdollisimman lähelle sydäntä. Tai käy hakemassa apteekista ne uudet lääkärin määräämät lääkkeet ja niele ne mahdollisimman monen kotoa löytyvän lääkkeen kanssa. Ei olisi ensimmäinen kerta. Viimeksi se oli hitonmoinen paskashow. Sen muisto kai pidättelee mua tekemästä kunnolla uutta yliannostusta.

Mä viivyttelen. Kuolema tulee joka tapauksessa, mutta olisi kivempi kuolla kun on vielä katto pään päällä. Nyt kun mummikin on kuollut, niin ei ole enää sitä henkilöä, jolle lupasin, etten tee itsemurhaa. Mä oon tehnyt monia asioita, joita en uskonut koskaan tekeväni. Mä oon varastanut useammasta eri paikasta ja käyttänyt huumeita. Useampaa eri laatua. Jäänyt kiinni huumeiden tilaamisesta. Mä oon eristänyt itseni muista ihmisistä, jotta mä en satuttaisi muita. Mun säälittävät yritykset kirjoittaa hienosti kuvottaa mua.

Mä oon lääkitty, ja kohta musta tulee vielä enemmän lääkitty. Mä taidan olla enemmän tai vähemmän sekaisin, kun päätin lopettaa välittämisen. Tunteet on latistuneita, mutta pakkoajatukset on vähentyneet. Ekolalia vaivaa tosin yhä. Vihdoin sille on joku sana. Riippuvuus puhelimeen on ongelma. Tuntuu että mä vaihdan riippuvuudesta toiseen. Mä oon pulassa sitten, kun äiti kuolee. Mulla ei ole silloin paikkaa minne mennä, eikä rahaa perunkirjoituksiin. (Voi olla, että meille tulee tästä asunnosta häätö muutaman vuoden sisään.)

Mun ja isän velkataakat on sietämättömiä. Mä en tee yhtään mitään elämälläni, niin eikö olisi sama jos mä olisin kuollut?

Mä olen epäonnistunut. Mua ei enää kiinnosta vetää päätä täyteen ja sekaisin joka viikonloppu ja panna ketä vaan musta kiinnostunutta. Elämä on menettänyt väriä ja joka kerta, kun mun sisällä herää pieni toivonkipinä, osa siitä tulee takaisin.

6. Sörkan kurvi kaikkina vuodenaikoina

Kun kiinnitin paikkaan kunnolla huomiota ensi kertaa, olin menossa töihin sen lähistöllä olevaan paikkaan. Oli alkukevät. Se oli ensimmäinen työvuoroni siellä siinä työpaikassa. Se ei ollut se paikka, johon minut oli haastateltu, mutta olin joka tapauksessa päättänyt ottaa paikan vastaan. Toisin sanoen olin vastannut myöntävästi miettimättä vastausta ollenkaan etukäteen tai ajattelematta asioita loppuun asti. Silloinen kumppanini pisti minut hakemaan töitä opintojen ohelle – omista itsekkäistä syistään tosin. Sitä minä en vain tiennyt silloin tai ollut sisäistänyt – hieman tyhmä, hyväuskoinen hölmö kun olin vielä 19-vuotiaana.

Kesällä eromme jälkeen sinne takaisin palaaminen tuntui ahdistavalta, mutta toisaalta vapauttavalta, sillä en ollut enää henkisesti riippuvainen entisestä kumppanistani, minun ei tarvinnut enää tilittää jokaista liikettäni tai olla työpäivän aikana sataprosenttisesti tavoitettavissa. Muuten kotona oli odottanut riita. Tavallaan pelkäsin entisen kumppanini ilmestyvän paikalle ilman ennakkovaroitusta. Tajusin vasta myöhemmin, ettei hän edes tiennyt työpaikkani tarkkaa sijaintia toisin kuin minä tiesin hänen.

Myöhään syksyllä kävelin siellä seudulla hänen kanssaan. Ei entisen kumppanini, vaan Hänen. Olin ollut yli tunnin myöhässä ja hän nauroi, että minä olin vaatinut täsmällisyyttä, mutta en itse siihen kyennyt. Olisimme olleet toisessa paikassa, jos olisin saapunut ajoissa paikalle, mutta toisaalta en olisi halunnut olla missään muualla. Kaikki oli hyvin, kun olimme yhdessä jossakin. Minä olin laittautunut niin viimeisen päälle, että myöhästyin, koska halusin tehdä häneen kunnon vaikutuksen ja siinä minä onnistuinkin. Minua hymyilytti, että Hänkin oli laittautunut tavallista enemmän sinä iltana.

Talvella olimme olleet baarissa muutaman tunnin kavereideni ja hänen kanssaan, mutta lähdimme yllättävän aikaisin hänen kotiaan kohti. En muista enää, miksi, oliko mitään syytä aikaiselle lähdölle; ehkä oli, ehkä ei ollut. Pysähdyimme Sörkan nakkikioskille tai mikä grilli se olikaan ja ostimme ruokaa. Joku oli pudottanut paljon aikaisemmin maahan kolikon, joka oli jäätynyt maahan kiinni ja jonka kaivoin maasta ylös. Takanamme oli äänekäs joukko nuoria aikuisia – arviolta minua vanhempia kuitenkin – ja he puhuivat omasta illastaan.

7. Vampyyriaatelinen

Vampyyriaatelinen tunsi kipua,
hän ei huutanut,
vaikka ruusun piikit pistelivät hänen sydämensä vereslihalle.

Hän ei itkenyt,
vaikka oli täynnä verisiä, suuria avohaavoja.

Hän tunsi vain vihaa ja raivoa,
rakkaus ei merkinnyt hänelle enää mitään.

Hän oli koukussa viinaan ja huumeisiin,
eikä kyennyt lopettamaan.

Hän ei sietänyt satiininauhoja ja täydellisyyttä,
hän näki pusujäljet stop-merkkeinä,
vampyyri oli tulessa ja hiiltyi tuhkaksi.

8. Kun tarusta tuli totta

Isabella tykkäsi lukea vanhoja taruja ja satuja. Hän uskoi niihin kaikkiin, jotka oli jo lukenut. Hänen mielestään ne kävivät täydellisesti järkeen ja selittivät maailmaa paremmin kuin tiede. Tieteeseen hän ei uskonut, mutta taruihin ja legendoihin kylläkin, ikäistensä enemmistöstä poiketen.

Toukokuun 25. päivänä hän meni taas kirjastoon lukemaan vanhoja tarinoita kirjoista. Hän avasi Tarujen maa -kirjan ja alkoi lukea: "Olipa kerran maa, jossa kaikki olivat kasveja ja ötököitä. Kasveja oli moninkertainen määrä aiempaan verrattuna. Tämä johtui siitä, että kasvit olivat joskus olleet ihmisiä. He olivat unohtaneet sopimuksensa kasvien ja ötököiden kanssa. Ennen kasveiksi muuttumistaan ihmiset olivat tehneet niin paljon tuhoja, että oikeita syntyperäisiä kasveja ei ollut enää olemassakaan. Oli vain ihmisten heikkoja keinotekoisia muunnelmia ja jäljitelmiä kasveista; pelkkiä kasvien irvikuvia. Niinpä Luontoäiti muistutti ihmisiä sopimuksestaan, mutta ihmiset eivät kuunnelleet ja nauroivat vain Hänelle. Luontoäiti loukkaantui verisesti ja suuttui, hän langetti ihmisten päälle seuraavan kirouksen:

- Tästä eteenpäin olette kasveja jokaikinen ihminen ja tämä toistukoon aina 1000 vuoden välein!

Sen jälkeen Luontoäiti katosi. Ihmiset melkein alkoivat nauramaan uudestaan, mutta he eivät ehtineet, koska he olivat jo muuttuneet kasveiksi. Tämä tapahtui vuonna 1013, 26. toukokuuta."

Isabella kirkaisi. Nyt tuli hätä, oli vuosi 2013! Huomenna hän ja kaikki muut muuttuisivat kasveiksi. Hän lähti kotiin polkien täysillä polkupyöräänsä ja hänellä oli mielessään vain yksi ajatus: Täytyy ehtiä varoittamaan muita!

Isabella kertoi jutun kaikille vastaantulijoille, mutta he vain nauroivat, eivätkä uskoneet pätkääkään; "Se on pelkkää tarua, älä huoli!"

Isabella sanoi kotona vanhemmilleen:

- Meidän täytyy keksiä jotain, jotta pelastuisimme ja kaikki muutkin maapallon ihmiset pelastuisivat, tai muuten huomenna me kaikki ihmiset muutumme kasveiksi!

Vanhemmat vain nauroivat, niin kuin kaikki muutkin, joille Isabella oli kertonut ihmisten ylle langetetusta kirouksesta. Vanhemmat sanoivat:

- Isabella, se ei ole totta. Se on tarua. Äläkä enää lue Tarujen maa -kirjaa, se
  sekoittaa liikaa päätäsi, olemme huolissaan sinun lukemistottumuksistasi, jos ne
  vaikuttavat sinuun näin voimakkaasti.

Lopulta Isabella luovutti ja uskoi vanhempiaan ja että se olikin vain tarua. Hän meni illalla
vihdoin nukkumaan rauhallisin ja levollisin mielin, eikä enää pelännyt seuraavan päivän
koittamista.

Seuraavana päivänä, kun Isabella ja muut ihmiset heräsivät, he huomasivat olevansa
kasveja!

9. Elämä on täynnä paskaa ja on ikävä

Elämä on täynnä paskaa, enkä mä todellakaan ymmärrä miks sen eteen pitäis edes taistella? Ei mua kiinnosta, satutanko mä ketään vai en. Mua ei kiinnosta nähdä, kuinka masentunut mä oon vielä viiden, kymmenen tai kahdenkymmenen vuoden päästä. Mua ei kiinnosta nähdä, miten mä vanhenen ja muut mun mukana. Mua ei kiinnosta valmistunko mä koskaan vai droppaanko mä nyt. Mä en halua nähdä, kuinka mun selkä ja kroppa hajoaa käsiin. Se tapahtuu liian aikaisin joka tapauksessa. Mä en halua nähdä, kykenenkö mä rakastamaan koskaan enää ketään. Mä en halua aiheuttaa kenellekään samanlaista tuskaa kuin Kerstin aiheutti mulle. Tai no sen kuolema.

Mä en halua parantua. Mä en halua nähdä huomista. Mä en halua pyytää anteeksi keneltäkään. Mä haluan vaan kuolla.

Mulla on ikävä sua. Näin viime yönä unta, että sä olitkin vain lavastanut kuolemasi, ja oikeasti olit elossa. Tuntui vaikealta herätä todellisuuteen ja tajuta, ettei sua enää ole. Mä oon taas jo tovin yrittänyt työntää mun tunteita ja surua syrjään, mutta se kaikki puski tänään pintaan – ensin mun kuunnellessa musiikkia – sitten polilla Marjon luona.

Mua ei ahdista enää, on vain kaiken alleen nielevää pysäyttävää surua. Miksi? Sun kuolema sattuu. Mä en jaksa välittää, ketä mun kuolema loukkaisi tai satuttaisi. Mä haluaisin vaan lopettaa vastaan taistelemisen. Antautuisin. Luovuttaisin. Ja se siitä. Ei mua enää koskaan.

10. Eniten vituttaa kaikki

Vituttaa. Kaikki. Ja mä en edes tiedä, mikä kaikki. Miksi mä olen nyt niin kireä, kun kaikki on jo saatu selvitettyä? Mitä mä pelkään? Vai pelkäänkö mitään? Mistä mä sen tiedän! Vittu kysykää niiltä, joilla on oikeita vastauksia, oikeita, konkreettisia sanoja, eikä pelkkiä keskinkertaisia kaikuja niistä. Joltain joka ei oo niin helvetin tekotaiteellinen, vaikka halveksuu salaa mielessään jokaista sellaista ihmistä. Oonko mä yhtään sen parempi, kuin ne muutkaan? Jotka nauraa, kun et osaa ajatella sun musiikkimausta kovinkaan syvällisesti ja filosofisesti?

Ei, en mä ole. Mua ärsyttää, että sorrun halveksuntaan ja ylimielisyyteen kerta toisensa jälkeen. Kyllä mä sen tiedän, että se on vaan mun puolustusmekanismi. Mutta se käy vuosien saatossa ihan helvetin raskaaksi. Sekin, että yrittää todistella muille olevansa parempi kuin todellisuudessa onkaan. Vaikka oikeesti on ihan täysin paska, läpimätä ihmisperse. Se ei muutu mihinkään, vaikka vuodet kuluu ja ihmiset mun elämässä vaihtuu. Se pysyy aina ennallaan. Rikottu itsetunto, itsesyytökset, itseinho... ja niin edelleen. Ja uhriutuminen, marttyyriksi heittäytyminen. En mä ole uhri. Mä olen tekijä, en objekti.

Mä pelkään, etten mä ole tarpeeksi. Etten mä koskaan tuu olemaan tarpeeksi kenellekään, enkä mihinkään. Että äiti, Meriel ja Marianne oli oikeessa. Musta ei koskaan tuu mitään, koska en itsekään usko itseeni, niin miksi kukaan muukaan uskoisi? Vaikka mä nään nykyään enemmän syytä yrittää ja jatkaa omassa paskassani rämpimistä pidemmälle, ja oikeasti elää. Ei sellaista elämää, jossa vetää pään täyteen alkoholilla tai muilla aineilla. Panee kaikkea liikkuvaa - ei nyt oikeesti kaikkea, mutta ketä vaan, joka mukaan lähtee. Loputonta itseinhoa siitä. Pakotettua rehentelyä. Se en ole minä. Mä en ole sellainen kusipää. Kusipää kuitenkin.

Mua satutti kuulla äidin suusta, että oon samanlainen paska hyväksikäyttäjä kuin Mariannekin. Mä näen, että meissä jotain samaa oli. Sen seurassa mä olin mean girl ja ihan vitun hirveä. Silloin, kun bondattiin yhtään mistään. Saanko mä todella nautintoa muiden painamisesta alas? Mitä se tekee musta? Saanko mä nautintoa muiden haukkumisesta ja paskan puhumisesta selän takana? Ehkä. Ainakin ennen sain.

Mä puhun kiusaamista vastaan, mutta enkö mä ole tekopyhä, kun olin kiusaaja ennen itsekin? Olin ensin kiusattu rääpäle, joka jäi aina muiden jalkoihin ujouden ja kiltteyden takia. Kunnes en enää jäänytkään. Kunnes mä aloin olemaan aivan yhtä ilkeä muille, kuin mulle oli oltu. Ja nautin siitä. Ihan täysillä. Sain siitä sadistista nautintoa, kun näin toisten kärsivän mun sanojen tai tekojen seurauksena. Se oli kivaa. Silloin.

Mutta onko siitä edes oikeasti niin kauan? Kiusasinhan mä yläkoulussakin. Ei se jäänyt alakouluun, vaikka sitä en kovin mielellään tunnusta kenellekään. Mä olin paskin mahdollinen ystävä Nooralle, jota se olisi voinut koskaan toivoa. Mä tiesin, että se pitää musta enemmän kuin platonisesta kaverista yleensä pidetään. Mä olin selän takana ja päin naamaa ihan kauhea. Sain mä siitä omantunnontuskia ja olin korostetun kiva ja ystävällinen sille kahden kesken syyllisyyden takia, mutta oikeesti se teki mun hot'n'cold -kohtelusta sitä kohtaan vaan hirveämpää. Koska mä annoin toivoa, jonka riistin joka kerta seuraavassa hetkessä pois.

Mä olen paska ihminen. Mä olen tehnyt paskoja asioita, enkä tuu hyvittämään koskaan kaikkea pelkillä anteeksipyynnöillä ja aneluilla anteeksiannosta. Suurinta osaa mä en edes kadu. En mä erityisen ylpeäkään ole, mutta ei se vaivaa mua oikeastaan juuri ollenkaan. Vaihtelevasti annan itsestäni uusille ihmisille joko sysipaskan kuvan tai näyttelen pyhimystä, kilteintä ihmistä koskaan. Mä en ole sitä. Mä en ole kumpaakaan. Mä olen molempia. Joskus enemmän toista, joskus puolestaan se toinen puoli vuorostaan pääsee pinnalle.

En mä usko muuttuvani paremmaksi ihmiseksi, vaikka kuinka yrittäisin. Enkä mä enää edes yritä. Ihmiset joko ottaa tai jättää, mä muutun vähitellen, mutta mun ei tarvitse muuttua ketään varten. Jos mä en kelpaa tällaisena, sitä ihmistä en olis halunnutkaan mun elämään. Mä oon saanut tarpeekseni niistä ihmisistä, jotka yrittää muokata musta niiden täydellistä kuvaa ihanteellisesta minusta. Mä en aio enää koskaan muuttua kenenkään takia, enkä sen takia, että joku huolisi mut. Jos mä en ole tarpeeksi, niin se on okei, se toinen saa jatkaa matkaansa eteenpäin oli kyse parisuhteesta tai kaverisuhteesta. Mä en aio enää koskaan antaa kaikkeani ihmiselle, joka ei panosta muhun samalla intensiteetillä. Se ei ole sen arvoista, enkä mä jaksa tuhlata mun aikaa semmoiseen, kun löytyy ihmisiä, jotka on valmiita hyväksymään mut just sellaisena kuin mä olen.

Mä en jaksa tapella muiden mielihaluja vastaan. Mä en jaksa taistella enää kenestäkään. Enkä kenenkään puolesta. Ihmiset tehkööt itse omat valintansa. Minusta riippumatta. Mä en jaksa väkisin ylläpitää epätasapainoisia kaverisuhteita, ryyppyseura-aineidenveto-kaverisuhteita. Sellaisia, joista en saa takaisin yhtään mitään. En jaksa yrittää aina olla paras mahdollinen versio itsestäni kaikessa. Mun pitää riittää töissäkin sellaisena kuin mä olen.

Mua pelottaa, ettei mun tekstit ole tarpeeksi hyviä. Ettei niistä välity tarpeeksi tunnetta ja ajatuksia. Että ne onkin mitäänsanomatonta tusinakamaa, joka on vaan verhoiltu kauniimpaan yleisrunolliseen kieliasuun. Silloin mä en ole tarpeeksi. Miten mä pääsen siitä yli, jos mä en riitä siinä, missä mä olen paras, kun puhutaan mun taidoista? Miten mä sen kestäisin? Tai haluaisin kestää? Mä kestän kritiikkiä, mutten täystyrmäystä.

11. Osa I, runo

Proosaruno Malmin hautausmaalla

Halusin

Todella tuntea sinut

Oppia rakastamaan sinua

Rakastaa sinua enemmän

kuin ketään

koskaan

Mutta nyt sinä olet mennyt

Ja minun täytyy oppia

Kuinka rakastaa jotakin toista

Mutta täällä ei ole ketään

Kuin sinä

Joten miten pystyisin?

Mun sydäntä raastaa rikki

Sun ajattelu

Kaikki mitä olisi voinut olla

Mutta ei tapahtunut

Sun kanssa se oli

Iltarusko, illan vähitellen hämärtyvä pimeys

Hänen kanssaan aamun valkeus

Nousevan auringon ensisäteet

Elämä vasta edessä,

Ei takana

Ei lopussa

Ei ohi

Ei vielä

Ja silti se sattuu aivan helvetisti

Ettei sua enää oo

Näin tasan kello 13.13 ruumisauton Malmilla

Tää on merkki

Onko se sun ruumis jota siellä kuljetetaan?
Kuolithan sä 13. päivä perjantaina,
Epäonnen päivänä kirjaimellisesti
Tää ei voi olla pelkkää sattumaa
Jokin haluaa kertoa mulle jotain
Miksi en löytänyt sun nimeä sun vanhan
asunnon ovesta enää eilen?
En edes sun äidin tyttönimeä
Vaan sen sijaan
Löysin naapurirapusta
Oven nimilistasta
Mun uuden kumppanin
Nykyisen sukunimen
Yrittääkö joku kertoa mulle
Älä elä menneessä
Siinä mitä ei enää oo
Mitä ei koskaan ollutkaan
Mikä ei koskaan tullut todeksi
haavekuvissa
Kun suakaan ei enää oo
Mut mä jäin
En seurannutkaan sinua
Ja kuinka traagista
Kun viimein astun alas tuonelaan
Tai mihin ikinä me joudutaan
Jos me sittenkin vaan hajotaan
Osaksi elämän ikuista kiertokulkua
Energia ja rakennusaineet painuu vaan
maaperään
Ja me lakataan olemasta
Koska sielua ei oo
Me eletään vaan nyt ja kerran
Eikä enää kohdata sen jälkeen
Mutta jos
Jos elämää on
Ja saan tilaisuuden päästä sun luo
Mä olen jo rakastunut toiseen

Ja joudun ainiaaksi hänestä eroon
Jos saan sinut
Te ette voi olla olemassa yhtä aikaa
En voi molempia teitä rakastaa
Samalla
Ja silti rakastan
Mun sydän särkyy ja hajoaa kappaleiksi
Kun yritän teitä rakastaa
Yhtä aikaa
Toinen elossa
Toinen kuollut
Toisen varjoa yritän ylläpitää ja suojella
muistoja
Mennyttä aikaa
Joka mun päässä on yhtä romantisoitu
Kuin Romeo ja Julia
Vaikka se oli sun metafora
Sun toiselle rakkaudelle
Ei mulle, ei meille
Mun kanssa sä et olisi tehnyt
kaksoisitsemurhaa
Koska mua sä et olisi kyennyt
rakastamaan siten
Mä tiedän sen
Ja se sattuu
Sattuu sekin että oon kiinni menneessä
Enkä osaa elää hetkessä
Vaikka mun pitäisi
Miksi, miksi, miksi
Menneiden pitääkin vaikuttaa näin
vahvasti
Nykyisyyteen
Tulevaisuuteen
Kaikkeen
Se ei ole reilua
Mutta sitä elämä ei ole
Kai me eletään vaan kerran

Osa II, runo
Mä rakastan sua niin paljon,
että vihaan sua kun
et enää oo tässä.

Mä mietin ja pyöritän
ajatusta,
enkö mä ollut tarpeeksi,
olisinko voinut tehdä
enemmän?

Helpottaako tää tuska ja
ikävä koskaan,
siitä on jo vuosi, ylikin

Rakastin sun huumorintajua
ja vittuilua, olit vaan yksinkertaisesti
ihana ja niin välittävä,
vaikket sitä nähnyt itse

Olit oikea enkeli maan päällä,
joo, mä tiedän, niin klisee
mut mä rakastin meidän söpöjä kuvia
ja sitä, kuinka sä vaadit niitä,
jos luulit mun unohtaneen

Ehkä me vielä joskus tavataan,
jos Tuonela on olemassa

Osa III, runo
Jos mä kuolen nyt,
Tuo mun haudalle
Sinisiä, mustia ja violetteja kukkia
Älä unohda mun tarinoita,
Runoja, kirjoituksia

Älä unohda mua
Mutta älä jää kiinni suruun
Älä jää kotiin murjottamaan
Elämän epäreiluutta
Luultiinhan me että mä eläisin
Pidempään kuin sä

Mutta ei elämä ole reilua
Eikä se aina mene niin kuin pitäisi
Toisten elämät jää lyhyiksi
Kuin tähdenlennot
Niin kuin Edith Södergranin

Mitä nuorempi, sitä suurempi
Intohimo ja palo tuottaa uutta kaunista
Tähän synkkään ja surkeaan
Maailmaan
Joka ei lopulta edes meidän jälkeen
Jää jäljelle

Tuhoutuu maailma meidän mukana,
Kulttuuri on jo rappiolla
Niin kuin sata vuotta sitten
Dekadenssin kultakaudella
Me eletään vaan toisenlaista rappion
Aikakautta

Tää aika syövyttää meidän aivot,
Luonnon, metsän, vesistöt
Tuhoaa kaiken nykyisen, menneen ja tulevan
Mitään ei jää, niin kuin ei kuulukaan
Se kuuluu maapallon kiertokulkuun
Ollaanhan mekin tähtien lapsia
Samoista aineista on meidät
Rakennettu kuin muinaiset suuret
Jättiläiset, jotka nykyään on
Kituvia valkoisia kääpiöitä

12. Ruumishuone

Ruumishuoneen valot on sammutettu siltä päivältä ja viimeinenkin työntekijä on lähtenyt kotiin. Yksitellen alkavat hyllyt rämistä ja avautua. Ruumiit ovat heränneet takaisin henkiin. Osa niistä on edennyt mätänemisvaiheessa toisia pidemmälle, eivätkä ne ole enää ehjiä. Yhdeltä puuttuu käsi, toiselta jalka, kolmannen kasvot ovat lahonneet pois ja pääkallo pilkottaa ihon pehmeiden kerrosten läpi.

Tälle ruumishuoneelle on tuotu murhien uhrit. Ruumiissa näkyvät eri toteutustavat. Kuoliaaksi kuristettu aloittaa meksikolaisen tanssin ja sen lanteet lyövät toisille tahtia. Mukaan liittyy ensimmäisenä hukutettu lapsi äiteineen. Niiden perässä seuraavat poroksi poltettu ruumis sekä arsenikilla myrkytetty.

Yksi ruumis on täysin päätön, mutta sekin liittyy tanssiin mukaan. Yksikään ruumiista ei kysy siististä ja tasaisesta jäljestä, jonka kirves on aiheuttanut sille. Pistoolilla ammuttu verinen ruumis seuraa muita ja sotkee lattian, koska se on tuotu sisään vasta samana päivänä, eikä edes veri ole ehtinyt viiletä, kun murha on niin tuore.

Lattia sotkeutuu ruumiiden nesteistä, verestä ja vedestä, kun hyinen lämpötila huoneella kohoaa ruumiiden liikkeestä.

13. Minä tahdon

Minä tahdon läpi elämän kestävän
rakkaustarinan, naisen kanssa
joka on elämäni, sydämeni valo,
elämäni suuri rakkaus

Haluan vain sua rakastaa,
ja sinun minua ainoastaan
voitamme kaikki esteet rakkaudellamme
rikomme yhä vallitsevia tabuja

Kahden naisen välinen rakkaus
on
kaunista, puhdasta ja vakavaa
ei mitään vaiheilua ohimenevää,
rakkaus on vahvaa

Missä viivyt rakkaani
kiiruhda jo luokseni
sua ootan alla lehtipuun
siellä missä ensi kertaa tavattiin

– Hiuksesi valuvat olkapäille
ihailen lantiosi kaarta
rintojasi pehmeitä
haluaisin painaa pääni niille
kuunnella sydämesi sykettä
sanojasi kauniita
ääntäsi heleää, nauruasi
soljuvaa
voisin jäädä lämpöösi
hyväilyysi hellään
tässä olen onnellinen
mikseivät hetket kestä ikuisesti

– Rakkaus
mitä se on oikeasti

tieto
mitä se merkitseekään
lienee tuntematonta

Kaikki
ahdistus vyöryy päälleni
huokaus

Yön pimeydessä olin tullut hautausmaalle, koska en uskonut mihinkään yliluonnolliseen; en myöskään ollut erityisen peloissani. Hiukan karmivalta tuntuivat kuitenkin hautakivien kasvavat varjot. Tännekö sinutkin tuotiin? Muistaakseni sanoit haluavasi tuhkauksen kuolemasi jälkeen. Se ei kuitenkaan toteutunut ja sinut haudattiin perinteisin menoin. Olin päättänyt tuoda haudallesi kynttilän.

Hautausmaan kiviset muurit olivat mitättömän matalat, joten kuulin ja näin kaikki ohiajavat autot sekä yön yksinäiset kulkijat. Puihin ei ollut vielä kasvanut lehtiä ja kaikkialla oli märkää, sillä muutama tunti sitten oli satanut rankasti vettä.

Kävellessäni syvemmälle hautausmaan siimekseen minulle tuli tunne, että joku seuraa minua. Katsoin ympärilleni, mutten nähnyt ketään. Jatkoin matkaani ajatellen, että kuvittelin vain omiani. Oli jo niin myöhäkin, ettei kovin moni varmasti enää tähän aikaan ollut liikkeellä. Kävelin silloin vielä hautausmaan poikki menevällä hiekkatiellä, joka ei pahemmin rahissut kosteudesta johtuen. Sitten huomasin saapuneeni oikealle riville ja poistuin hiekkatieltä. Siirryin märälle, upottavalle ruohikolle, joka peitti vanhimpien hautojen edustat. Hautakiviä oli juuri puhdistettu, joten kovinkaan moni kivi ei ollut enää sammalen peitossa.

Kävelin nurmikolla hautaasi kohti. Järkytyksekseni näin, että se oli revitty auki. Ei kai enää tähän maailman aikaan haudanryöstäjiä ole olemassa? Ja täällä?

Katseltuani avattua hautaa kauhun vallassa, tunnen yhtäkkiä viileänkostean ja haaleahkon käden olkapäälläni, jota peittävän takin läpi tihkuu kylmyys ja kosteus. Sydämeni jättää lyönnin tai pari välistä ja pakenee kurkkuuni, siltä minusta tuntuu. Käännyn katsomaan säikähtyneenä. "Onpa mukava nähdä jälleen", sanot ja katson hämmentyneenä sinua. Vastaat katseeseeni hymyillen. "Minulla oli niin kova ikävä sinua", saan sanotuksi.

Pyydät minua liittymään seuraasi ja tulemaan muiden kuolleiden juhliin. "Toiset ovat varmasti jo tanssimassa", sanot. "Tule."

Seuraan sinua ja kun saavumme paikalle, elävät kuolleet ovat jo täyden juhlinnan tuoksinassa ja juhlahumu täyttää koko Åbergin tilusten maan.

"Viimeinkin saan tanssia jonkun kanssa, joka uskaltaa", sanot. Toistat samat sanat kuin silloin, kun tanssimme elävien kirjoissa ensimmäisiä kertoja.

Tanssimme taas toistemme kanssa, ihan niin kuin silloin - viime jouluna. Minulla on ollut ikävä sinua, sinun kehoasi, sinun näyttämääsi ja osoittamaasi rakkautta. Enää minun ei ole kylmä ollenkaan, eikä kosteuden nihkeyskään tunnu iholla.

15. Homokysymys ja rakkaus - ajankohtainen yhä 2020-luvulla?

Tämän vuoden presidentinvaalit herättivät taas ajatuksia, joita olen pyöritellyt mielessäni vuoden 2012 presidentinvaaleista lähtien. Miksi homous on yhä ongelma ja miksi siitä on oleellista edelleen käydä keskustelua presidentinvaalien alla? Miksi toisten ihmisten tapa rakastaa, olisi jotenkin väärin, alempiarvoisempaa tai sietämätöntä tietyissä valtiollisissa tehtävissä. Eihän se kuitenkaan mitään estä tai vaikeuta - ei sen ainakaan pitäisi. Kaikki rakkaus on aivan yhtä arvokasta ja ihanaa, on tärkeää, että yhteiskunnassa jokaisella Suomen lakien puitteissa oikeus rakastaa, ketä haluaa.

Rakkaus, mitä se on? Onko se sitä, kun odottaa näkevänsä ja kuulevansa toisen, lyhytkin ero tuntuu lähes raastavalta maailmanlopulta ja epätietoisuus kuluttaa hermoja loppuun. Onko se katkeransuloinen tunne, joka kutkuttaa vatsanpohjassa rintoja myöten, ja saa vilunväristyksiä kulkemaan ympäri kroppaa? Kaipuuta toisen kosketuksesta ja raastava tunne, joka ei jätä rauhaan, kun ei olla samassa tilassa. Hirveää mustasukkaisuutta, joka saa toiset tappamaan ja kiihkoissaan pahoinpitelemään uskottoman rakastetun? Missä menee vihan ja rakkauden raja, kuinka paljon rakastuneen tulee tuskia kärsiä.

Kuka päättää, ketä kukin rakastaa saa ja miten? Onko se edes meidän itsemme hallittavissa, vai saneleeko yhteiskunta ja ympäristö, mitä meidän kuuluu tuntea ja kokea. Onko miehen ja naisen välinen rakkaus arvokkaampaa kuin kahden naisen tai kahden miehen välinen? Miksi kahden aikuisen ihmisen välistä rakkautta voi edes verrata pedofiliaan tai zoofiliaan, tai johonkin muuhun parafiliaan. Olkiukot lentelevät yhä eri ihmisten oikeuksista puhuessa, jotka eivät istu yhteiskunnan perinteisimpään muottiin. Siksi me yhä tarvitsemme feminismiä, sillä tämäkään yhteiskunta ei ole täysin tasa-arvoinen; niin kauan kuin on relevanttia väitellä joidenkin ihmisten perusoikeuksista, me tarvitsemme työtä yhteiskunnan tasa-arvoisuuden eteen.

Me tarvitsemme yhä Minna Cantheja, Sakris Kupiloita ja muita aktivisteja, jotta me pääsemme sinne, mitä varten olemme tehneet vuosisatoja tasa-arvotyötä. Feminismi ei ole eilisen juttu, vaan edelleen myös tämän päivän ja huomisen yksi tärkeimmistä kysymyksistä, vaikka se, kenen vuoksi näitä taisteluita käymme, on muuttunut ja vaihtunut. 1800-luvulla se oli naiskysymys, 1900- ja 2000-luvulla homo- sekä transkysymys, ja kukaan ei vielä tiedä, mitä 2100-luku tuo tullessaan. Presidentinvaalit 2024 palauttivat homokysymyksen taas ajankohtaiseksi, sillä Pekka Haaviston suurin kompastuskivi on hänen homoutensa ja miespuolinen kumppaninsa. Emme ole siis edenneet yhtään mihinkään sitten -90- tai -00-luvun. Se on todella surullista ja antaa vääränlaista viestiä aikamme lapsille ja nuorille, jotka omaksuvat arvonsa ja asenteensa omilta vanhemmiltaan, koululta sekä ikätovereiltaan.

16. Luovuus ja sen puute

Sydämeni on tulta ja jäätä,
se on jäähtynyttä laavakiveä,
rosoinen ja hapero
yksi isku murtaa sen täysin.

Idioottinako minua pidät,
ei löydy itsestäni oveluutta
liioin kierouttakaan,
mutta sudenhahmo
piirtää ääriviivat tummaa
taivasta vasten.

Kuihtunut on ruusu sisälläni
vaikka on kevät
toisten ruusut nupuillaan
tai puhjenneet jo täyteen kukkaan
vaan omani yksinäisyyden
kurjuutta ruikuttaa.

Loputon tulva,
sanojen purot ehtyneet,
yrittää vielä viimeisillään
uusia sanoja raapustaa
tiedostaen niiden turhuuden.

Lasi täynnä säröjä
– hajoaa lasi sirpaleiksi
lasinen sydän,
jota korjata ei voi kukaan.

Suru musertaa
hauraan sydämen, mielen,
kaiken joka joskus oli
aika on vienyt pois.

Ei enää tassun tuuppausta,

heiluvaa häntää,
vaatimuksia rapsutuksista,
töpötteleviä askeleita
lohduttavaa kuonoa vasten ihoa.

Onnekas on se, joka ei tunne shokin vuoksi
tuskaa,
mutta onneton se,
joka ei tunne mitään.

17. Ahdistusviha

Mä inhoan tätä mun epävakaisuutta ja pelkään, että tuun satuttamaan ennemmin tai myöhemmin toista. Raivoan sille ja pilaan kaiken. Taas. Niin kuin aina. Ehkä mä todella olen niin perustavanlaatuisesti pilalla, ettei musta ole mihinkään.

Mä vihaan tätä ailahtelevuutta ja jatkuvaa, toistuvaa, henkisesti vereslihalla olemista. Miksi mun pitää olla näin rikki? Miksen mäkin muka ansaitsis rakkautta ja välittämistä, huomioiduksi tulemista...

Olisinpa mä joku muu. Joku vähemmän rikki, lähes ehjä. Sellainen, jolla on hyvä moraali, eikä se tee paskoja valintoja kuin tosi harvoin. Sellainen ihminen, josta kaikki pitää. Jota niin moni ei vihaisi, syrjisi tai kiusaisi... Joku vähemmän masentunut, elämään ja kaikkeen tähän paskaan kyllästynyt itsemurhakandidaatti...

Tai omaisinpa edes tarpeeksi voimaa ja raakuutta päättää tän kaiken paskan tähän.

18. Isä

Isä kuoli tänään. Haluaisin halata isää vielä ees kerran.

Mua pelottaa lähestyvä ensimmäinen joulu ilman isää. Selvisin isänpäivästä, mutta en tiedä, miten mä kestän aaton. Pappakin kuoli. Ei se ehtinyt elää kuin kuukauden isää pidempään. Jospa me elettäisiin äidin kanssa pidempään.

Isältä löytyi maksasta iso kasvain. Multa löytyi kasvain kaksi kuukautta myöhemmin. Tai no oli se siellä jo kolme vuotta sitten, mutta silloin ei vielä tajuttu että kasvain se on. Isän elimiä ei voinut luovuttaa. Kuolenko mäkin?

Äiti oli nähnyt viime yönä ihanaa unta isästä. Mä oon nähnyt unta isästä melkein joka yö. Meinaan unohtaa päiväsaikaan, kun oon poissa kotoa, ettei isää enää oo. Ei pysty enää soittamaan sille ja pyytämään, että hakisi mut pois milloin mistäkin. Ahdistaa. Itkettää. On ikävä.

Ei musta tullutkaan sitten isän omaishoitajaa. Eikä se koskaan palannutkaan meille kotiin sairaalasta. Pari viikkoa isä siellä vietti. Kaipa mäkin kuolen samasta syystä sitten kahden- tai neljänkymmenen vuoden päästä. Ei musta tuu pitkäikäistä, kun ei mua ole edes tänne syntyneeksi tarkoitettu.

Koti tuntuu niin tyhjältä ilman isää. On niin hiljaista, kun kukaan ei enää kuuntele yhtä aikaa radiota, puhelimen tai tietokoneen videoita ja katso samalla televisiota. Stereon nupit oli aina kaakossa ja musiikki oli isälle tärkeää. Sattuu kuunnella radiosta Kasaria, kun se oli mun ja isän juttu yhteisillä automatkoilla.

Isän paikka on tyhjä. Mun korvat soi koko ajan, en pysty mennä nukkumaan ajoissa. Mun on vaikea nukahtaa pimeällä. Ahdistaa ja pelottaa. Pelkään, että jotain pahaa sattuu yön aikana tai tiedottomuuden tilan takia jotain tärkeää menee ohi. Unettomuus on uusi normi, kun ei henkiseen ahdistukseen unilääkkeet auta.

Isä vierailee öisin, aamuöisin tai aamuisin mun luona. Vietetään isä-tytär-laatuaikaa nykyään vaan mun unikuvissa. Isän ääni on alkanut hiipua mun päässä ja mua pelottaa, etten kohta enää muista ollenkaan. En anna itseni unohtaa ja levätä, en edes hetkeä. En mä halua sittenkään kuolla vielä.

19. Piirretty käsi

Hahmottelen paperille käden ääriviivoja. Yritän varjostaa sitä oikealla tavalla ja katson mallia valitsemastani mallikuvasta. En ole nukkunut viikkoihin. Siksi, että minua pelottaa. Olinko se minä? Vai joku muu sittenkin. Ennen aina kävelin unissani ja tein kaikkea outoa. Kerran olin onnistunut kävelemään ulos opiskelijoiden asuntolasta keskellä yötä ja heräsin ojasta toisella puolella kaupunkia. Kaksi viikkoa sitten heräsin omasta sängystäni, mutta vaatteeni olivat jonkin ruskean ja kovettuneen peitossa. Tajusin sen olevan verta vasta, kun näin käsivarteni. Silti minulla ei ollut yhtäkään haavaa. Ei edes naarmua. Ja sitten ne uutiset. Yksi tyttö oli ollut kadoksissa jo parisen viikkoa. Ei hän välttämättä kuollut ole, hoen itselleni, että pysyisin edes jotenkin järjissäni.

Haukotus karkaa huuliltani, kun piirrän. Äiti sanoi, etten osaa. Kaikki, mitä teen näyttää epärealistiselta, koska mittasuhteet ovat hukassa. "Opiskelisit anatomiaa ennen kuin ryhdyt mihinkään isompaan työhön", hän sanoi. Ja minähän opiskelin. Nyt piirtämilläni ihmisillä on jo oikeat mittasuhteet, käsien piirtäminen on kuitenkin yhä kompastuskiveni. Käsi on lähes valmis niin kuin sitä pitelevä kynäkin. En saa nukahtaa, ajattelen, en enää. Kuka tietää, mitä sille tyttöparalle on käynyt? Jos minä… ei, en voi edes ajatella sitä, tai siitä saattaa tulla totta. Jos se todella olin minä…

Yhtäkkiä piirtämäni käsi kohoaa paperista ja alkaa piirtää itselleen kopiota. Katson sitä kauhuissani ja kun nostan katseeni paperista, huomaan, että maailmasta ovat kadonneet kaikki värit.

20. Syyllisyys

Syyllisyys kalvaa sisintä,
se tuntuu tuskana vatsassa,
se tuntuu iskuna selässä

Vaan jotkut eivät tunne sitä
laisinkaan,
sydämettömiä hirviöitäkö he ovat,
nuo, joiden omatunto ei kolkuta

Kuinka joku voikaan olla
kokematta tuskaa,
sen viiltävää kipua,
sen korventavaa poltetta

Puukko selässä,
veitsi mahassa,
keho tulessa, liekit joiden
korventava polte ei katoa
koskaan

Mitä on syyllisyys,
mitä tunteettomuus,
vankejako turhien tunteidemme
olemme

Onko elämä kärsimystä,
onko kärsittävä, jotta voi
olla hyvä ja puhdas,
onko muuten vain turmeltunut

Tiedäthän nuo langenneet,
omien himojensa vangeiksi
joutuneet
ei itsehillintää, ei kontrollia,
ei mitään

Vai ovatko he oivaltaneet jotain,
mitä me emme
miksi ei saisi nauttia elämästä,
kun on kerta sen lahjan saanut

Lopussako punnitaan
hyvien tekojen vai elämänhalun ja -ilon määrä

Sillä ei kai ole väliä,
olemme pelastuneet jo,
puolestamme kärsinyt on
Jeesus Kristus
syntimme on sovitettu

Eikö kaikki pohjimmiltaan hyviä ole,
pelastumisen ansainneita me olemme,
emme ole yhtään sen vähemmän
tai enemmän
kaikki me olemme saman
arvoisia

Asia, jota mä häpeän itsessäni eniten on se, että aika ajoin mä kiellän itseni. Teeskentelen, että oon niin kuin muutkin – valtaväestö – ja että se oli vaan ohimenevä vaihe. Asia, jonka mä voin muuttaa tahdonvoimalla. Mutta en mä voi. Mä kykenen rakastumaan naiseen. Sen mä tiedän. Mutta mä en tiedä, annanko mä enää koskaan itselleni lupaa rakastaa.

Mä soimaan ja ruoskin itseäni virheistä, itsekkyydestä, vääristä päätöksistä. Mä tuskin olisin yhtään tän enempää elämänhaluisempi vaikka olisin valinnut toisin. Nyt mä myös huomaan muutoksen itsessäni. Oon antanut itselleni anteeksi sen, etten toiminut toisin Kristiinan kuoleman läheisyydessä. Sillä sitä mä en olisi mitenkään voinut estää.

Aivan samalla tavoin ei kukaan voi mua estää tekemästä lopullista ratkaisua, jos mä sittenkin siihen päädyn. Oon taistellut nyt monta päivää sitä ajatusta vastaan, että hankkisin puukon ja upottaisin sen syvälle mun rintaan. Jättäisin ehkä jälkeen jonkun epämääräisen lapun, ettei sitä pidettäisi kenenkään muun tekosena.

Kai mä olen sairas, kun haudon vuodesta toiseen näitä samoja suunnitelmia itseni päiviltä päästämiseksi. Surmaamiseksi. Mutta välillä musta tuntuu, että mä tekeydyn sairaammaksi tai terveemmäksi kuin mä oikeasti olen. Kykenen taas lukemaan, mutta välistä mä saatan huomata lukeneeni sivukaupalla tekstiä, josta ei jää minkäänlaista muistijälkeä enkä ymmärrä mitään. Ihan kuin yrittäisin tavata hepreaa, koreaa tai arabian aakkosia. Näen kyllä merkit, mutta en ymmärrä edes yhtä sanaa tai kirjainta sen puoleen. Ehkä mä oon vain liian väsynyt hahmottamaan merkkejä kuviksi mun aivojen sisällä, ja mielen illuusioiksi tekstistä.

Aina välillä helpottaa elämän mielettömyyden tunne ja kaikki tuntuu niin selvältä, kirkkaalta kuin peilityyni järven pinta, eikä mun olemassaolo ole pelkkää selviytymistä päivästä toiseen. Niinä selväjärkisyyden lyhyinä hetkinä tuntuu naurettavalta mun halu kuolla pois epäonnistumisten takia. Siksi, ettei elämä mennytkään helposti maaliin. Ei mun elämä koskaan ole ollut helppoa. Mä oon kärsinyt lähes koko elämäni kaiken alleen hautaavasta ahdistuksesta, paniikkihäiriöstä ja surumielisyydestä. Jo ennen kouluikää ahdistus oli valtava ongelma, siksi kai mä muistan yksityiskohtaisen tarkasti mun varhaislapsuuden, mutta uudemmat tapahtumat ovat lähes tyystin pyyhkiytyneet pois muistista.

Usein mä kaipaan lapsuuden kuviteltua huolettomuutta, sitä, ettei tarvinnut huolehtia huomisesta – ja paskanmarjat, kuinka usein tulinkaan kouluun aamulla ahdistuneena siitä, ettei se päivä menisi pieleen kavereiden kanssa enkä jäisi yksin ja ne monet kerrat, kun rukoilin Jumalaa auttamaan ja pelastamaan päivän, kun en itse siihen kyennyt, tai sitten kuukausitolkulla jatkunut ahdistunut olo ja syyllisyys päiväkotiaikaan tehdyistä pikkumokista kaverisuhteissa – katosta pään päällä tai ruoasta. Elämän perustarpeista.

Yhä edelleen mä oon yhtä huono huolehtimaan mun raha-asioista kuin lapsenakin. Vaihdellen mä säästän ja tuhlaan, mutta yritän pitää tilillä kuitenkin sen verran rahaa, ettei yllättävät menot mun taloutta kaada. Tulevaisuuden minun todennäköisesti on myös muutettava pois pääkaupunkiseudulta, kun rahat ei vaan riitä. Mutta sitä ennen pitäis varmaan hankkia koulu- tai työpaikka muualta, enkä enää edes tiedä kunnolla, mikä mua kiinnostaisi tarpeeksi. Kunhan löytyis jotain. Kyllä mun on oltava yhteydessä TE-toimistoon vielä tän kesän aikana. Syksyllä voin levätä, ainakin vähäsen. Luoja tietää, kuinka paljon mun pää lepoa kaipaa ja tarvitsee.

'Vuonna 2000' oli hyvä kirja ja se kuvas melko hyvin sosialistisen mallin. Siinä utopiassa mun mieli lepää. Yllättävän hyvin sitä pystyi seuraamaan, vaikka se onkin kirjoitettu 1800-luvun loppupuolella. Sain myös tänään vihdoin vaihdettua lakanat.

22. Muukalainen kaikkialla

Olen Louise Gandhi, ja asun Venetsiassa, Italiassa, tai oikeastaan asuin ennen. Eräs muukalainen houkutteli minut pois kotoani, ja se on muuten uskomaton tarina. Asun nykyisin Saudi-Arabiassa, tässä on tarinani.

Silloin oli pimeä elokuun aamu. Olin lähdössä töihin, joten pakkasin laukkuani huolella. Muistin onneksi varaamani elokuvaliput elokuvaan "Muukalaisen veri", jonka ensi-ilta oli tuona alkusyksynä vuonna 2014. Olin menossa katsomaan sen ystävieni kanssa töiden jälkeen. Lähtöni aika oli koittanut, sillä minun oli käveltävä pari kilometriä oikealle bussipysäkille, josta busseja lähti siihen aikaan vain kahdesta kolmeen tunnin sisällä. Kävelymatkani oli useamman tunnin mittainen.

Nousin aamukahdeksan bussiin ja istuin sanomalehteä lukevan vanhan herran viereen. Kurkkasin, mitä hän luki ja silmiini hyppäsi kirkuvin kirjaimin: "Muukalainen auto-onnettomuudessa."
- Iiik! Minä kirkaisin, niin kovaa, että bussikuskin keskittyminen herpaantui ja hän ajoi tien laidassa olevaan puuhun ja sen jälkeen bussimme perään törmäsi vielä henkilöauto.

Osa matkustajista loukkaantui vakavasti ja minut häädettiin onnettomuuspaikalta ennen kuin poliisi oli ehtinyt edes saapua paikalle tekemään onnettomuuden syistä kuulusteluja. Minä en shokissa ajatellut kovin järkevästi ja ainoa ajatukseni oli sarkastinen: "loistavaa, joudun kävelemään töihin, ja matkaa on vielä ainakin 25 kilometriä jäljellä!"

Kun saavuin perille, sain kuulla saaneeni potkut ilmoittamattoman poissaolon takia, koska niitä oli sille kuulle ehtinyt kertyä jo viisi aikaisempaa. Tilalleni oli kuulemma palkattu joku muukalainen, kukaan ei tuntenut häntä entuudestaan eikä tiennyt mitään hänestä. Ihan kuin hänellä ei olisi ollut ollenkaan henkilöhistoriaa takana. "Joku ulkomaalainen varmasti, joka tuli viemään minun työt!" Ajattelin potkuista katkerana, vaikka ehkä irtisanomiseeni oli ihan riittävän perusteltu syy; toistuvat ilmoittamattomat poissaolot.

"Taas muukalainen, mutta ei tämä päivä voi mennä enää tästä huonommaksi", ajattelin. Se ei ollut viimeinen surkea sattuma sinä päivänä kuitenkaan. Sitä vain en tiennyt vielä tuossa vaiheessa. Kaivoin laukustani elokuvalippuni vain huomatakseni, etteivät ne olleet ensinnäkään elokuvalippuja vaan lentoliput Saudi-Arabiaan.
- Ei voi olla totta! kiljuin täyttä kurkkua.

Palasin kotiini, kun ei tullut töistä tai elokuviin menostakaan mitään. Unohdin myös ilmoittaa kavereilleni, etten päässytkään heidän kanssaan katsomaan elokuvaa sinä iltana. Olin yrittänyt varata uusia lippuja elokuvaan, mutta se oli loppuunmyyty usealta peräkkäiseltä illalta. Hengähdettyäni ja surkuteltuani omaa kurjaa päivääni - rakastinhan rypeä itsesäälissä mielin määrin - havahduin siihen, että eteisen jälkeen asuntoni oli miltei autio. Kaikki huonekaluni ja tavarani olivat poissa muutamia takkeja ja kenkiä lukuunottamatta.

Vaatteeni löytyivät eteisestä suuresta matkalaukusta, jota en muistanut omistavani tai koskaan edes ostaneeni. Makuuhuoneestani eteiseen käveli tuntematon muukalainen, joka esitteli itsensä nykyiseksi vuokranantajakseni ja hän sanoi, että valitettavasti olen saanut häädön asunnostani puolen vuoden maksamattomien vuokrien vuoksi. Olin käyttänyt vuokrarahani luksusshoppailuun, merkkilaukkuihin ja uusiin näyttäviin vaatteisiin sekä kenkiin. Hän sanoi käyneensä palauttamassa käyttämättömät tuotteet ja ottaneensa niistä saadut rahat korvaukseksi maksamattomista laskuistani. Ei se ihan lailliselta kuulostanut, mutta mikä lie mafian kätyri huoneistossani oli, joten en uskaltanut väittää vastaankaan.

Lähdin sitten laukkuineni lentokentälle kourassani liput Saudi-Arabiaan. Eihän Italiassa tuntunut enää olevaan mitään syytä pysyä, kun kaikki oli lähtenyt alta. Jokainen huolella kasaamani elämäni peruspalikka. Ehkä elämänhallintani oli hieman lipsunut viime aikoina, mutta ainahan sitä voi vähän lomaa ottaa kurjasta todellisuudesta, eikö niin?

Iltapäivällä soitin kavereilleni, ja kerroin pelkästään lippuerehdyksestäni. Yritin houkutella heitä lähtemään mukaani, mutta kukaan ei suostunut. "Saudi-Arabiassa ne vie vielä meidän passit, eikä päästä koskaan takaisin kotiin!" He käyttäytyivät minua kohtaan muutenkin oudon kylmästi ja kieltäytyivät ehdottomasti lähtemästä kanssani matkalle. Lähdin siis yksin Saudi-Arabiaan.

Perille tultuani huomasin yllätyksekseni, että sama muukalainen, joka oli häätänyt minut kotoani, oli kentällä minua vastassa. Hän ei ollutkaan mikään muukalainen, vaan vanha lapsuudenaikainen kaverini, jonka kanssa olimme vuosia asuneet eri maissa. Hän muutti vanhempiensa työnsä perässä pienenä ensiksi toiselle puolelle maailmaa ja sittemmin hän oli muuttanut opintojensa perässä Lähi-itään ja sinne jäänyt, kun sulautui siellä paremmin valtaväestöön kuin rasistisissa länsimaissa.

Menimme hänen luokseen ja hän selitti koko juonensa auki minulle, hän oli tarkoituksella järjestänyt minut mahdollisimman pahoihin vaikeuksiin mafian kätyrien avulla, jotta hän saisi helpommin minut houkutelluksi muuttamaan ulkomaille. Hänen perusteellisuutensa, obsessionsa minusta ja täsmällisen vakoojan työnsä olisi varmaankin pitänyt karmia minua - kuka tahansa muu olisi varmasti ollut kauhuissaan - mutta minä olin vain imarreltu niin runsaasta huomiosta.

Hän oli peruuttanut elokuvaliput, vaihtanut ne lentolippuihin, painanut valheellisen uutisen, hankkinut minulle potkut ja itselleen minun työni, ostanut vuokra-asuntoni entiseltä vuokranantajaltani ja osittain mielivaltaisesti häätänyt minut sieltä ilman oikeuden lopullista päätöstä häädöstä, suututtanut ystäväni ja törmännyt tahallaan bussiin, jolla matkustin. Kaiken tämän lisäksi hän oli ostanut Saudi-Arabian isoimman lentoyhtiön itselleen, jotta pystyi kaatamaan konkurssin partaalle pienemmät ja sulauttamaan ne osaksi isompaa konsernia, ja siten peruuttanut kaikki paluulennot maasta Italiaan noin 30 vuoden ajalta.

- Kaikki vain sen takia, että halusit meidän olevan taas ystäviä? kysyin.
- Ei pelkästään ystäviä, sinä olet elämäni rakkaus ja haluan, että vietät minun kanssani koko loppuelämäsi, vanha kaverini vastasi.
- Onko minulla varaa valita tai valittaa, naurahdin ja kysyin jo hieman ahdistuneena kultaisen häkin kutistumisesta ympärilläni. Henkinen köysi kiristyi kaulani ympärillä, ja tunsin jo kahleet nilkoissani sekä ranteissani.
- Ei, sinä olet minun nyt ja aina, niin kuin olen aina halunnutkin. Vähintäänkin kolmekymmentä vuotta, mutta huomaat kyllä, ettei sinun sen jälkeen kannata lähteä täältä mihinkään. Kaverini ojensi käteeni siveellisemmät vaatteet kuin ylläni olevat; syvän kuninkaallisen tummansininen pitkä mekko oli siististi laskostettu ja sen päällä valkoinen röyhelöinen hilkka.

23. Tajunnanvirtakokoelma vuosilta 2016-2018, viimeinen hetki syksyltä 2020

Viimeisen kerran kaikki ovet sulkeutuivat Maapallolla. Näin, kuinka äiti vain katsahti minua ennen kuin katosi yhden oven taakse. Olin jäänyt ovien ulkopuolelle. Ne olivat sulkeutuneet silmieni edessä, eikä niitä avattu enää kenellekään. Olin ainut ovien väärälle puolelle jäänyt.

Talot oli rakennettu vieri viereen ja ne olivat toistensa täydellisiä kopioita, silmänkantamattomiin kahdella puolella tiiviitä rivitaloja, jotka olivat kiinni toisissaan. Pihat olivat hyvin hoidettuja ja neliön muotoisia. Talojen ja niiden pihojen välissä kulki hiekkatie.

Juoksin ovelta ovelle ja koputin niitä kaikkia, mutta ovia ei enää avattu. Ei minulle. Lopulta juoksin hiekkatielle ajatuksenani etsiä jokin pieni rakonen talojen välissä, mutta sellaista ei löytynyt. Juoksin hiekkatietä eteenpäin, enkä enää koputtanut oviin, koska tiesin, että se olisi turhaa. Ovia ei kuitenkaan avattaisi. Maisemat eivät muuttuneet, ne toistuivat identtisinä koko maapallon ympäri juostessani.

Aamulla herätessäni muistin vielä vähän aikaa uneni. Sitten se alkoi häipyä muististani ja nyt siitä on enää jäljellä haituvaisia

Jos voisin lentäisin maanpinnan yläpuolella. Antaisin ajatusteni liidellä vapaasti ja painovoiman lait eivät sitoisi minua. Sieluni olisi vapaa elämän "kärsimyksistä" ja minulla ei enää olisi kahleita, jotka tekevät unelmistani mahdottomia. Voisin olla huolettomasti *täysin* oma itseni, eikä se häiritsisi ketään. Olisin vapaa kaikesta.

En pysty uskomaan, että sain kuin sainkin kerrottua ystävilleni pitkään minua painaneen asian. Ja vielä tällä viikolla! Tuntuu siltä kuin siitä olisi jo ikuisuus. Siitä jäi niin vapautunut, helpottunut, euforinen olo. Tuntui hyvältä jakaa salaisuuksia. Niin me pysymme läheisinä. En pysty ajattelemaan muuta kuin sitä yhtä asiaa ja untani, jonka jo olen unohtanut miltei kokonaan… Se liittyi jotenkin keskiviikkoon ja eiliseen. Haluaisin sinänsä muistaa uneni, mutta muut asiat ovat minulle tällä hetkellä tärkeämpiä. Ja sehän oli vain uni, vai oliko? Jos tälläkin kertaa uneni paljasti jotain uutta minusta, kuten aina ennenkin… Alitajunta on kyllä aika erikoinen asia.

Hämyinen 50-luvun klubi. Laulajana tyypillinen 50-luvun nainen – punainen huulipuna ja kapeat ja sirot kissarajaukset, hiuksissa permanentti. Naisella on toisessa kädessään pitkänmallinen savukkeenpidike ja välillä hän tupakoi. Hän laulaa käheällä – tupakasta käheällä – äänellään pianon säestämänä pianoon toisella kädellään nojaten, kun hän istuu pianopenkin tapaisella istuimella. Pianoa soittaa hiljainen nuori mies. Naisen iltapuku on tummanpunainen ja hihaton sekä paljastaa naisen toisen säären. Yhtäkkiä kuva vaihtuu nykyisyyteen nykyaikaiselle kadulle – ja kadulla räppääviin miehiin, jotka ovat noin kolmekymmentä-vuotiaita. He ovat suhteellisen nuoria ja heiltä löytyy intoa ja iloa tehdä uutta musiikkia.

Minä ja hän olemme niin samanlaisia, mutta erilaisia. Emme tunne kunnolla, mutta saatamme jutella joskus. En vain uskalla yrittää tutustua paremmin, koska se olisi outoa. Enkä halua, että hän pitäisi minua sellaisena. Haluaisin tutustua paremmin häneen, vaikka meistä ei koskaan tulisi mitään. Eikä voikaan tulla. Se on yksinkertaisesti mahdotonta. Toivon silti hänelle kaikkea hyvää ja jos hän haluaa, niin kuin aivan varmasti haluaa, että hän löytää sen Oikean ja on onnellinen. En ehkä itse tule löytämään, mutta ei sillä oikeastaan ole enää minulle mitään väliä.

Näimme baarissa kaksi vuotta myöhemmin syksyllä. Olit siellä toisen tytön kanssa ilmeisesti treffeillä, tai niin minä ainakin tilanteen tulkitsin. Minä olin kavereideni kanssa viettämässä heistä yhden synttäreitä. Näit minut ja minä näin sinut, ja välttelin sinua koko illan. Ehkä pidit minua ylimielisenä, tylynä tai huonosti käyttäytyvänä, mutta en tiennyt miten päin olla. En koskaan oppinut olemaan seurassasi, aina olin jotenkin outo ja siksi kai lakkasit yrittämästä tutustua minuun paremmin. Vaikka koulussa pakeninkin kätesi kosketusta, olivat ne kaksi kertaa, kun otit ehkä vahingossa – tai tarkoituksella – kädestäni kiinni, ehdottomasti yläkoulun parhaimmat hetket.

Epilogi – Myrsky

Myrskynä raivoava meri
keskellä kesää,
sataa ja salamoi.

Tuuli riepottaa hiuksiani,
tempoo tuulitakkiani,
kohotan katseeni
ja hymyilen.

Kiitokset

Kiitos kumppanilleni, äidilleni ja ystävilleni, jotka aina jaksavat kuunnella, kun luen heille kaunokirjallisia tekstejäni. Kiitos yläkoulun ja lukion äidinkielen opettajilleni, jotka innostivat minua kirjoittamaan ja yksi heistä varsinkin on kannustanut minua julkaisemaan oman kirjan. Kymmenen vuotta sitten en ollut siihen vielä valmis, mutta nyt vihdoin haaveeni on toteutumassa. Kiitokset professoreilleni ja opettajilleni Helsingin yliopistolla, jotka ovat myös kannustaneet minua kirjoittamaan.

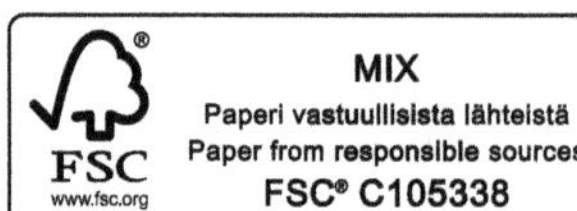

MIX
Paperi vastuullisista lähteistä
Paper from responsible sources
FSC® C105338